AF459476

16 Novembre 1887

Collection de feu M. JACQUINOT

DEUXIÈME VENTE

PORTRAITS DE FEMMES

DE

L'ÉCOLE FRANÇAISE

ET DE

L'ÉCOLE ANGLAISE

DESSINS

PORTRAITS EN LOTS

VENTE

HOTEL DROUOT — SALLE N° 4

Les Mercredi 16 et Jeudi 17 Novembre 1887

A UNE HEURE ET DEMIE

Me M. DELESTRE	M. P. ROBLIN
COMMISSAIRE-PRISEUR	MARCHAND D'ESTAMPES
rue Drouot, n° 27	rue Saint-Lazare, n° 65

PARIS — 1887

EN PRÉPARATION

CATALOGUE

D'UNE IMPORTANTE COLLECTION

DE

ESTAMPES

Relatives à l'Histoire de Paris et à la Révolution française

VUES DE FRANCE

TABLEAUX, DESSINS

LE TOUT PROVENANT

De la Collection de feu M. JACQUINOT

DONT LA VENTE SE FERA

AU MOIS DE DÉCEMBRE PROCHAIN

Envoi *franco* du Catalogue à toute personne qui en fera la demande par lettre affranchie.

Vve Renou et Maulde, imprimeurs de la Compagnie des Commissaires-Priseurs, rue de Rivoli, 144. 800—82195

65

16 Novembre 1887

CATALOGUE

DE

PORTRAITS DE FEMMES

ANCIENS ET MODERNES

DE

L'ÉCOLE FRANÇAISE

ET DE

L'ÉCOLE ANGLAISE

PORTRAITS EN LOTS

DESSINS

De la Succession de feu M. JACQUINOT

PEINTRE-EXPERT

2e VENTE

HOTEL DES COMMISSAIRES-PRISEURS

RUE DROUOT, 9, SALLE N° 4

Les Mercredi 16 et Jeudi 17 Novembre 1887

A UNE HEURE ET DEMIE

Par le ministère de Me **Maurice DELESTRE**, Commissaire-Priseur,
rue Drouot, 27.

Assisté de **M. P. ROBLIN**, Marchand d'Estampes,
Successeur de E. JACQUINOT, Peintre-Expert,
rue Saint-Lazare, 65.

PARIS — 1887

CONDITIONS DE LA VENTE

Elle sera faite au comptant.

Les Acquéreurs paieront CINQ POUR CENT en sus des enchères, applicables aux frais.

M. P. ROBLIN se réserve la faculté de réunir ou de diviser les Lots, et se charge de remplir les Commissions des Personnes qui ne pourraient assister à la Vente.

ORDRE DES VACATIONS

Mercredi 16 Novembre..	Nos 1 à 115.
	N° 116 (Portraits en lots).
	Nos 117 à 225.
Jeudi 17 Novembre.....	Nos 226 à 460.
	Nos 461 à 465 (Dessins).

DÉSIGNATION

1 **Adam** (J.). Marie-Louise de Bourbon, infante d'Espagne. — Marie-Louise, impératrice de Hongrie. Deux Portraits in-8, ornés. Belles ép.

2 — Marie-Thérèse, reine de Hongrie, in-4, à cheval, d'après Kreutzinger. Très belle ép., grandes marges.

3 **Agar**. The Princess Elisabeth of France, petit ovale. Très belle ép., marges.

4 **Alibert**. Madame Dugazon, dans le rôle de Marine de la Colonie, in-4. Ép. en feuille.

5 **Alix** (G.-M.). Maillard (Mme) du théâtre des Arts, in-4, en couleur, d'après Garneray. Très belle ép., petites marges.

6 **Anonyme**. Bailleux (Madeleine-Elisabeth), femme de Nicolas Baillet, compagnon serger, à Beauvais, 1764, in-4, non signé. Belle ép., en feuille.

7 — La Citoyenne Bonaparte, couronnant le buste de son mari, in-8, en pied, colorié. Belle ép., la marge est coupée d'un côté.

8 — Caroline de Brunswick, princesse de Galles, petit ovale gravé au pointillé. Très belle ép. avant toute lettre, grandes marges.

9 — Charlotte-Christine Sophie de Brunswick-Wolfenbuttel, mariée en 1711 à Alexis, fils de Pierre le Grand, in-fol., non signé. Belle ép. avec marges.

10 — Marie-Antoinette, reine de France, in-4, avec coiffure à aigrette, gravure au pointillé. Belle ép., avec marges.

11 — Marie-Antoinette, reine de France, in-4, gravure au pointillé, avec scène au bas. Belle ép., grandes marges.

12 — Tombeau de Mme de Villarsy, à Colligny, près Vertus, département de la Marne, avec deux profils dans le haut de l'estampe, in-fol. Très belle ép., toute marge.

13 — Sophie, comtesse de Zamoyska, née princesse de Czartoryska, ovale in-4. Belle ép., grandes marges.

14 **Anselin** (J.-L.). La Belle Jardinière (Madame de Pompadour), in-4, d'après C. Vanloo. Très belle ép., en feuille.

15 — Charlotte Corday, in-4, avec médaillon en bas, d'après Hauer. Ép. avant la lettre, doublée.

16 **Ardell** (J.-M.). M. Garrick and Mrs Gibber, in the Characters of Jaffier and Belvidera, in-fol. travers, à la manière noire, d'après Zoffani 1774. Superbe ép., petites marges.

7 — *Ghismonda*, Boccaccio Giornata quarta novella 1, in-4, à la manière noire, d'après le Corrège. Très belle ép., en feuille.

18 — Countess of Salisbury 1754, in-4 à la manière noire, d'après Reynolds. Belle ép., sans marges.

19 **Audouin** (P.). Marie-Caroline-Ferdinande-Louise, Duchesse de Berry, in-fol. d'après Hesse. Belle ép.

20 — Mme Boulanger, actrice, in-4, d'après Rouget. Deux ép., dont une avant la lettre, marges.

21 **Augrand** (P.). Mme de Sévigné, in-4, d'après Petitot. Belle ép. imprimée en couleur, marges.

22 **Auvray** (Elie). Caroline de Lichtfield, médaillon, in-fol., gravé en couleur. Belle ép., avec marges.

23 **Balechou** (J.). Sainte Geneviève, patronne de Paris, in-fol., d'après Vanloo. Très belle ép., grandes marges.

24 — Mme Louise-Elisabeth de France, duchesse de Parme, in-fol. travers, d'après Nattier. Belle ép., grandes marges.

25 **Balzer.** Anne-Marie de Brunian, comédienne allemande, in-8, orné, d'après Steinel. Très belle ép., avec marges.

26 **Bance** (à Paris chez). Marie-Antoinette, reine de France, médaillon in-18, colorié. Très belle ép., grandes marges.

27 **Baour** (L.-F.). J. de Segla de Montegut, de l'Académie des Jeux Floraux, in-12, orné. Belle ép., petites marges.

28 **Barbié** (J.). Catherine-Alexiewna II, impératrice de Russie, in-8, orné. Très belle ép., grandes marges.

29 **Bartolozzi** (Fr.). Her Royal Highness Caroline, princess of Wales, and the princess Charlotte, in-4 en pied, d'après Cosway. Très belle ép., imprimée en bistre, en feuille.

30 — Portrait of Her Majesty, patroness of Botany, and of the fine arts, in-fol., orné, d'après W. Beechy. Belle ép., grandes marges.

31 — Mrs Gautherot, violoniste, ovale in-8, d'après Violet. Très belle ép., petites marges.

32 — Louise Hammond, ovale in-4, d'après Angelica Kauffman. Belle ép., marges.

33 — Happiness and Wisdom, slovers and fair heaven, ovale in-4, imprimé en couleur, d'après Angelica Kauffman. Superbe ép., grandes marges.

34 **Basset** (chez). L'Impératrice Joséphine, à cheval, in-4°, colorié.

35 **Beaudoin** (d'après). La Jeune Bouquetière, ovale, in-8, imprimé à la sanguine. Très belle ép., en feuille.

36 **Becket** (J.). Mme Soams, in-fol., à la manière noire, d'après Kneller. Très belle ép., grandes marges.

37 **Benoist**. Marie-Antoinette et Louis XVI, deux profils dans un entourage, in-4, avec scène au bas, d'après Mme Lebrun. Très belle ép. avant la lettre, grandes marges.

38 **Bertaux** (D.). Costume villageois de Mme Belmont dans Fanchon la Vielleuse, in-8 en pied, d'après Vernet. Trois ép., en feuilles.

39 **Blanchard**. Joséphine, impératrice des Français, in-4°, d'après Prudhon. Belle ép., en feuille.

40 **Bligny** (chez). Marie-Adélaïde-Clotilde-Xavière de France, in-4°. Belle ép., grandes marges.

41 **Blois** (A. de). Ortance Manzini, duchesse de Mazarin, in-4, à la manière noire, d'après Lely. Belle ép., avec marge.

42 **Boilly** (Jules). Portraits de femmes célèbres, dix-huit portraits in-4. Belles ép., sur papier de Chine, in-fol.

43 **Bonnet** (L.). Mme la comtesse du Barry, gravé par Louis Bonnet 1769. Superbe ép. imprimée en couleur, marges, encadré.

44 — Le même Portrait. Ép. imprimée en couleur, avec une légende de deux vers dans la tablette, et avec l'adresse : A Paris, chez Bonnet, rue Galande, marges.

45 — Catharina II, Augusta, omnium Russiarum imperatrix, in-fol. Très belle ép,, imprimée à la sanguine, grandes marges.

46 — Mlle Raucourt, profil in-8, en couleur. Belle ép., marges.

47 **Boré** (chez). Marie-Josephe-Louise de Savoie, comtesse de Provence, in-4. Belle ép. avant le numéro, en feuille.

48 **Boutelou**. Caroline, reine de Naples, ovale in-8, avec scène au bas. Belle ép., marges.

49 **Bovinet**. Mme la duchesse du Barry, in-12. Belle ép., toute marge.

50 — Mme Riccoboni, in-18. Très belle ép., petites marges.

51 **Bradel**. Le Chevalier d'Eon de Beaumont, in-4. Ép. avec marges.

52 — Mme Louise-Marie de France. Prieure des Religieuses carmélites de Saint-Denis, in-4. Belle ép. avec marges.

53 **Burke** (J.). Portrait de Jeune femme assise, avec une enfant à ses côtés tenant une guirlande de fleurs, ovale in-4, d'après Angelica Kauffman. Superbe ép. avant la lettre, grandes marges, encadrée.

54 **Burke** (Thos). Céphise trouvant l'Amour endormi, (*The Duchess of Argyll*), in-fol., à la manière noire, d'après Angelica Kauffman. Superbe ép. avant la lettre, de la plus grande fraîcheur, grandes marges.

55 **Calamatta**. George Sand, in-8. Belle ép., avec marges.

56 **Cally** (*delin. et sc.*). S. A. I. Stephanie-Adrienne-Louise-Napoléon, grande-duchesse de Bade, ovale in-8. Belle ép., toute marge.

57 **Campion** (C). Mme de Guillonville, profil in-4. Très belle ép. avant le lettre, en feuille.

58 **Cardon** (Ant.). La Princesse Catherine de France, présentée à Henri V d'Angleterre, par la reine sa mère et le duc de Bourgogne, au traité de Troyes en 1419. Estampe in-fol., d'après Stothart. Très belle ép., grandes marges.

59 **Carloni** (C.). Mlle Colbrand, in-4. Belle ép., petites marges.

60 **Cars** (L.). Marie Leckzinska, reine de France, in-fol. d'après Vanloo. Très belle ép., marges.

61 **Cathelin** (L.-J.). Jeanne d'Arc, surnommée la Pucelle d'Orléans, in-8 en pied. Belle ép., toute marge.

62 — Marie-Antoinette, reine de France, ovale in-4, orné, d'après Drouais, avec l'adresse de Bligny. Très belle ép., marges.

63 — Marie-Thérèse, reine de Hongrie, in-4, d'après Ducreux. Belle ép., en feuille.

64 **Céroui**. Mme du Barry, d'après Drouais, Mme de Pompadour, d'après Boucher, deux Portraits, in-12. Ép. avant la lettre, sur papier de Chine, in-fol.

65 **Chaponnier**. La Chasteté, in-4, en couleur, d'après Louise Bourdon. Épreuve à grandes marges.

66 **Chataignier** (*delin. et sc.*). Mme de Récicourt, profil sur son tombeau, in-fol. Belle ép., grandes marges.

67 **Chataignier** (à Paris, chez). Mme Bonaparte. profil in-8. Très belle ép., en feuille.

68 **Chenu.** Mme Favart, actrice, in-8, d'après Garand. Très belle ép., avant la pagination, grandes marges.

69 **Chereau** (J.). Marie, princesse de Pologne, reine de France et de Navarre, in-fol. en pied, d'après Vanloo. Belle ép., marges.

70 — Zorn (Nobilis domina Christina Renata), Dinasta de Plopsheim, nata Bartsch de Demuth. in-fol., orné. Superbe ép., toute marge.

71 **Chereau** (à Paris, chez Mme veuve). Marie-Antoinette et Louis XVI, deux Portraits imprimés sur la même feuille, genre imagerie populaire. — Mlle Alexandrine Saint-Aubin, actrice, 2 p. coloriés, en feuille.

72 **Chéron** (Élisabeth-Sophie). Son Portrait gravé par elle-même, in-8. Très belle ép., grandes marges.

73 **Chevillet**. Portrait de femme, in-fol., la tête inclinée à droite, la main gauche retenant son voile. Superbe ép. avant la lettre, grandes marges.

74 — L'Amour maternel, dédié à Mme Élisabeth Gouël de Villebrune, femme de M. de Peters, peintre de S. M. le Roy de Danemark, in-fol., d'après de Peters. Très belle ép., marges.

75 — Marguerite-Siméone Pouget, femme de M. Chardies, peintre, in-4 en pied. Belle ép., en feuille.

76 **Claessens** (L.-A.). Aspettare E., in-4, d'après Coclers. Très belle ép., grandes marges.

77 **Colinet**. Mme la comtesse Amélie de Boufflers, in-4. Belle ép., grandes marges.

78 — Nina, in-4, en pied, d'après Lavreince. Deux ép. imprimées en couleur, dont une avant la lettre, sur satin.

79 — Mme de Saint-Huberti, in-4, profil, d'après Lemoine. Belle ép., petites marges.

80 **Compagnie**. Henrietta Maria, magnæ Britanniæ, Regina, in-fol., d'après Van Dyck. Très belle ép., en feuille.

81 **Conte** (Ant.). Elisabetta Alexiowna, imperatrice di Russia, et Alessandro primo Imperatore di Russia, in-fol., d'après L. di Saint-Aubin. Très belle ép., grandes marges.

82 **Cooper** (E.). Mme Dorothy Mason, in-fol., à la manière noire, d'après W. Wissing. Belle ép., doublée.

83 **Cooper** (R.). Her Majesty Caroline, queen of Great Britain, in-4, d'après W. Derby. Belle ép., tirée sur papier de Chine, toute marge.

84 — Le même Personnage, in-8, d'après A. Wiwell. Belle ép., toute marge.

85 — Mrs Siddons, in the tragedy of Macbeth, in-4, en pied, d'après Harlowe. Belle ép. en couleur, toute marge.

86 **Copia**. Stéphanie-Félicité Ducrest, marquise de Sillery, ci-devant comtesse de Genlis, in-8, d'après Miris. Ép. en feuille.

87 **Corbutt** (C.). Mrs Pénélope Pitt, in-4, à la manière noire, d'après miss Reed. Ép. endommagée.

88 **Coutellier** (F.). Mme Dugazon, de la Comédie-Italienne, ovale in-4, imprimée en couleur, sur un passe-partout imprimé du temps. Superbe ép., avec marges.

89 — Le même Portrait. Très belle ép., de l'ovale seul.

90 — Mlle Olivier, de la Comédie-Française, dans le rôle de Chérubin, Mariage de Figaro, in-4, en couleur. Très belle ép, du 1er tirage, avec l'adresse de Coutellier.

91 **Crewe**. Estella, ovale in-4, imprimé en couleur, d'après White. Ép. avec marges.

92 **Dagoty** (Gautier). Mme la comtesse du Barry, représentée à sa toilette, assise et prenant une tasse de chocolat que lui présente son négrillon Zamore, in-fol., en couleur. Très belle ép., encadrée, grandes marges.

93 — Le même Portrait. Superbe ép., imprimée en noir, l'estampe a été un peu rognée sur les côtés, encadrée.

94 **Dambrun**. Marie-Adélaïde-Clotilde-Xavière de France, sœur du Roi, in-8, d'après Queverdo. Très belle ép. avant le numéro, toute marge.

95 — Ninon de Lenclos, in-12, d'après Ferdinand. Deux ép., dont une à l'eau-forte pure, toute marge.

96 **Daret.** Charlotte des Ursins, vicomtesse d'Ochy, in-4. Belle ép., petites marges.

97 **Daret et Boissevin.** Portraits de femmes célèbres, vingt et une p., in-8 et in-4. Belles ép., la plupart avec grandes marges.

98 **Daullé** (J.). Mme Favart, in-fol. en pied, d'après C. Vanloo. Très belle ép. du 1er tirage avant la mention. *Portrait en pied de Mme Favart*, grandes marges.

99 — Mlle Pelissier, in-fol., d'après Drouais. Belle ép. avec marges.

100 **Degmair** (A.-H.-J.). Anna-Barbara Benz, geborne Degmair, in-fol., à la manière noire, 1774, Très belle ép., grandes marges.

101 **Deny.** Marie-Antoinette, reine de France, en robe de cour, in-4 en pied, d'après Desrais. Ep. coloriée et glomisée.

102 **Delatre.** Melle Colombe l'aînée, in-8, d'après Lemoine. Belle ép. avant le numéro, marges.

103 — Jeanne d'Arc, in-8 orné, avec scène au bas, d'après Quéverdo. Deux ép. avec marges, dont une avant le numéro.

104 **Delvaux.** Marie de Rabutin-Chantal, marquise de Sévigné, in-12. Cazin. Très belle ép., marges.

105 **Demarteau** (l'aîné). Allégorie sur le mariage du Dauphin et de la Dauphine (Marie-Antoinette), in-fol. à la sanguine, d'après Guérin. Belle ép., avec marges.

106 — Marguerite, surnommée Maultasche, c'est-à-dire Gueule-de-Sac, in-4, d'après G. Paris, 1777. Belle ép., grandes marges.

107 **Denon** (Vivant). Madame Vigée Le Brun, in-8 à l'eau-forte. Très belle ép. avant toute lettre, petites marges.

108 **Desrochers**. Portraits de femmes célèbres. Treize pièces in-8. Belles ép., avec marges.

109 **Devaux**. Angélique Drouin, femme Préville, de la Comédie-Française, in-4, en pied, d'après Simonnet. Très belle ép., petites marges.

110 **Deveria** (Ach.). La Reine des Belges, in-4, lithog. Épreuve sur chine.

111 **Dickinson** (W.). Lucrèce, ovale in-4, travers. Très belle ép., imprimée à la sanguine, toute marge.

112 — Miss Nailer, in the character of Hébé, in-4, à la manière noire coloriée. Belle ép., grandes marges.

113 — The Italian Songsters, ovale in-8, d'après Guercino. Belle ép., toute marge.

114 **Divers**. Ninon de Lenclos, Mme de Simiane, Mme Lingée, Marie de Médicis, Marie-Louise, Mme de Staël, la Duchesse d'Angoulême, etc. Seize portraits. Belles ép., plusieurs sont avant la lettre ou à l'eau-forte pure.

115 — Mlle Sallé — Mme Roland — Marie-Louise — Mme Sandow — Marie-Amélie — Mlle Bourgoin, etc. Treize portraits. Belles ép., plusieurs sont à l'eau-forte pure.

116 — Sous ce numéro, il sera vendu par lots, environ 3,000 Portraits de femmes, de tous formats, gravures et lithographies.

117 **Dol**. Ariadne — Atalante. Deux médaillons gravés en couleur, d'après Westall. Belles ép., avec marges.

118 **Drevet** (P.). Anne-Louise de Crevant d'Humières, abbesse et réformatrice de l'abbaye de Monchy au diocèse de Beauvais, in-8. Très belle ép., grandes marges.

119 — Louise-Adélaïde d'Orléans, abbesse de Chelles, in-4, d'après Gobert. Belle ép., petites marges.

120 — Adrienne Lecouvreur, in-fol., d'après Coypel. Très belle ép., grandes marges.

121 — Le même Portrait. Très belle ép., sans marges.

122 **Drouet**. Mlle Emélie Leverd — Mlle Duchesnois. 2 ovales in-18, imprimés en couleur. Belles ép., grandes marges.

123 **Duflos** (C.). Paule de Gondy, duchesse de Retz, douairière de Lesdiguières, in-4, en pied. D'après Pezey. Belle ép., petites marges.

124 **Dugoure** (D'après). Marie de Gonzague, femme de Ladislas IV. — Marie de Rohan, duchesse de Chevreuse. Deux Portraits in-12. Belles ép.

125 **Duhamel**. Marie-Josèphe-Louise, princesse de Savoie, comtesse de Provence, in-8, d'après Quéverdo. Deux Portraits à différents âges, gravés dans le même cadre. Deux pièces en feuilles.

126 **Duplessis-Bertaux.** Bienfaisance ingénieuse de Mmes Pradère et Elleviou, fait historique du 5 Messidor an x, in-4 en largeur. Ép. à l'eau-forte pure, grandes marges.

127 — La même Estampe. Eau-forte pure, glomisée.

128 — Madame Roland, in-12, avec scène au bas. Belle ép. avant les noms d'artistes, en feuille.

129 **Dupin-Lebeau.** Marie-Thérèse, reine de Hongrie, in-8, d'après Ducreux. Trois portraits, belles ép., dont une avant le numéro.

130 **Duponchelle.** Marie Leckzinska, princesse de Pologne, in-8 orné, d'après Nattier. Belle ép. avant le numéro, en feuille.

131 **Earlom** (R.). Their most sacred majesties Georges the IIId and Queen Charlotte, in-fol. travers, à la manière noire, d'après Zoffany, 1770. Superbe ép., grandes marges.

132 **Eberts** (I.-H.). Dorothée Sandow, ovale sur une colonne, composition in-4, d'après Fr. Boucher. Très belle ép., toute marge.

133 **École anglaise.** Mrs. Duff, in-4, en pied, imprimé en couleur. Belle ép., sans marges.

134 — Lady Ligonier, in-fol., à la manière noire. Très belle ép., petites marges.

135 — Madame, duchesse d'Angoulême, in-4., à la manière noire. Très belle ép., sans marge.

136 — Marie d'Angleterre, Anne Hyde. — Caroline de Lichtfield. — Cécilia. — Mlle Colbrand, etc. Seize Portraits en noir et en couleur. Belles ép.

137 **Ecole française**. Portraits de la Famille royale. Six Médaillons sur la même feuille. Très belle ép. avant la lettre, grandes marges.

138 **Edelinck**. Anne-Louise-Christine de Foix de la Valette d'Espernon, religieuse carmélite, in-4, d'après Beaux-Brun. Ép. avec marges.

139 — Magdeleine de Lamoignon, fille de M. Cretien de Lamoignon, président au mortier, in-fol., d'après de Sève. Très belle ép., marges.

140 **Elluin**. Marie Dumesnil, de la Comédie-Française, in-4. Très belle ép., grandes marges.

141 — Marie-Thérèse Villette La Ruette, de la Comédie-Italienne, in-4, d'après Le Clerc. Superbe ép. avant les vers dans la tablette. Toute marge.

142 **Esnault** et **Rapilly** (Chez). Mme la comtesse du Barry, in-4 de face. Belle ép. en feuille.

143 — Mlle Lescot, de la Comédie-Italienne, in-8. Deux portraits différents. Belles ép., grandes marges.

144 — Mlle Raucourt, in-4. Belle ép., grandes marges.

145 — Mme de Saint-Huberti, in-8. Belle ép., grandes marges.

146 **Every** (G.-H.). The Last Glimpse, in-4, à la manière noire, d'après Drummond. Belle ép., toute marge.

147 **Faber** (J.). Serenissima Maria, D. G. Angl. Scot. Fran : et Hib. Regina, in-fol. en pied, à la manière noire, d'après Kneller. Très belle ép., grandes marges.

148 **Fessard** (Ét.). Catherine de Seine, épouse du sieur Du Fresne, actrice, in-8, d'après Aved. Très belle ép., avec l'adresse, marges.

149 — Demoiselle Marguerite de Lussan, in-8, d'après Rigaud. Belle ép., petites marges.

150 — Mausolée de l'Impératrice Marie-Thérèse. Composition in-4, d'après P.-L. Durand. Belle ép., grandes marges.

151 — La même Composition. Superbe ép. avant la lettre, grandes marges.

152 **Ficquet**. Marie Bonneau, dame de Miramion, in-8, d'après de Troy. Deux ép., dont une avant l'adresse, toute marge.

153 — Françoise d'Aubigné, marquise de Maintenon, in-8, d'après Mignard. Belle ép. encadrée.

154 — Le même Portrait. Deux ép., dont une endommagée.

155 **Flipart** (J.-J.). Concours pour le prix de l'Étude des têtes et de l'expression (Mlle Clairon), Estampe, in-4 travers, d'après C.-N. Cochin le fils.

156 — La même Estampe. Superbe ép., en feuille.

157 — Mme Favart, in-8, de profil, d'après C.-N. Cochin, 1753. Belle ép., grandes marges.

158 — Frontispice allégorique, représentant la réunion de la Lorraine à la France; dans le haut, deux médaillons avec portraits du Dauphin et Marie-Josèphe de Saxe, in-fol., d'après Michel-Ange Slodtz. Superbe ép., à l'état d'eau-forte pure, avec la place des deux médaillons, en blanc, petites marges.

159 — La même Estampe. Belle ép. terminée, petites marges.

160 **Folo** (J.). Mme Lebrun, in-4, d'après A. Tofanelli. Belle ép., grandes marges.

161 **Fontaine**. Ida Saint-Elme (la Contemporaine), in-8, d'après Deveria. Belle ép. avant la lettre, sur chine, en feuille.

162 **François** (J.-C.). Marguerite-Claude Denis, née de Foissy, in-4 de profil. Belle ép. imprimée à la sanguine, toute marge.

163 — Marie de Pologne, reine de France, in-4, à la sanguine. Belle ép., grandes marges.

164 **François** (Chés.). Marie-Anne-Françoise de Ségur de Ponchat, abbesse de Gif, in-4 orné. Très belle ép., grandes marges.

165 **Frye** (J.), 1761. Portrait de femme, in-fol. à la manière noire, avec pendant d'oreille et collier de perles. Superbe ép., petites marges.

166 **Gabrielli**. Marie-Thérèse-Charlotte, Madame, fille du Roi, ovale in-8, d'après Miéry. Belle ép. imprimée en bistre, toute marge.

167 **Gaillard** (R.). Catherine, princesse de Galitzin, née princesse de Cantémir, in-fol., d'après Vanloo. Très belle ép., petites marges.

168 **Galle** (C.). Henriette d'Angleterre, devant son prie-Dieu, in-4, en pied. Très belle ép., petites marges.

169 **Garreau** (L.). Ysabelle-Louise-Sophie de Valois de Villette, abbesse de Notre-Dame de la Pommeraye-lez-Sens, in-4. Belle ép., petites marges.

170 **Gaucher** (C.-E.). Fortunée Briquet, née à Niort, in-8, d'après Mlle de Noireterre. Ép. en feuille.

171 — Mme la comtesse du Barry, médaillon orné de roses, in-8, d'après Drouais. Très belle ép. en feuille.

172 — Le même Portrait. Belle ép., grandes marges.

173 — Jeanne-d'Arc, in-4, avec cadre. Très belle ép. avant la lettre, grandes marges.

174 — Noyelles (Marie-Aug.-Bernarde de Rasoir, baronne de), in-8 orné, d'après de Pasche. Superbe ép., à l'état d'eau-forte avancée, grandes marges.

175 **Gaultier** (L.). Louise de Lorraine, douairière de France. — Henri III, roi de France. Deux portraits in-8. Très belles ép., petites marges.

176 **Gautier, Leroi, Ruotte**, etc. Marie-Louise, archiduchesse d'Autriche. Quatre portraits in-4. Belles épreuves.

177 **Gavarni**. Mme la duchesse d'Abrantès, in-4, publié par l'artiste. Deux ép., tirées sur papier de Chine, dont une avant la lettre, en feuilles.

178 — Le même Personnage, sur son lit de mort, 8 juin 1838. Superbe ép. sur chine, tirage à cinquante exemplaires, en feuille.

179 **Gigoux** (J.). Le Lever de Mme du Barry. Eau-forte, in-8 travers. Très belle ép. sur chine.

180 **Gillberg** (J.). Tête de jeune fille. — Mlle La Chantrie, de l'Opéra. Deux têtes à la sanguine, d'après Pierre. Belles ép.

181 **Girard** (Romain). Mrs Merteuil and miss Cécille Volange, ovale in-fol., d'après Lawrence. Belle ép., grandes marges.

182 **Giraud** (E.-A). Mme Marie-Henriette de France, in-8, orné, d'après Nattier. Belle ép. avant le numéro en feuille.

183 **Gœpffert**. Mme la duchesse douairière de Saxe Weimar, profil in-4, imprimé en couleur. Belle ép. en feuille.

184 **Green** (Val.). Mrs Green and Child, in-fol., à la manière noire, d'après Falconet. Très belle ép., petites marges.

185 **Griffiths** (London by). **England's Hope**. Her Royal Highness Princess Charlotte of Wales and of Saxe Cobourg Saa! feld, in-4, en pied. Superbe ép. du 1er tirage, toute marge.

186 **Haïd**. Mme la marquise du Châtelet, in-4, à la ma-noire, d'après Nattier. Belle ép. en feuille.

187 **Halvech** (Adr.). Marie de Médicis, reine de France, in-fol. Belle ép., grandes marges.

188 **Heath** (Ch.). The Right Honorable Lady Georgina Agar Ellis, in-8, d'après Lawrence. Belle ép. en feuille.

189 **Helman**. Mme la comtesse de Provence, petit portrait d'après Mme Lebrun, dans une vignette tête de page, d'après Monnet. Belle ép., toute marge.

190 **Henriquel Dupont**. Rachel, in-4, d'ap. Lehman. Très belle ép. du 1er état, sur chine, avec envoi : A son ami B. Taurel, Henriquel D.

191 — Le même portrait. Belle ép. sur chine, en feuille.

192 — Mme de Mirbel, in-4, en pied, d'après Champmartin. Deux ép., dont une avec les noms d'artistes, à la pointe, marges.

193 **Heyd** (I. ab.). Marguerite de Gonzague, épouse de Henri, duc de Lorraine, in-8. Très belle ép., petites marges.

194 **Hnight** (C.). Cupid désarmé, ovale in-4, gravé en couleur, d'après Benwell. Très belle ép., avec la lettre grise, grandes marges.

195 **Hondius**. Isabella, Clara, Eugenia, archidux Austriæ, infans Hispanorum, in-fol. Belle ép., marges.

196 **Hooper** (By S.). Charles, Genovefa, Louisa, Augusta, Andréa, Thimothea, D'Eon de Beaumont, in-fol., manière noire, costume de Minerve, avec légende au bas. Très belle épreuve, grandes marges.

197 **Houston** (Richard). Water, in-fol., à la manière noire, d'après Ph. Mercier. Belle ép., sans marges.

198 **Huber** (J.-J.-J.). Mlle d'Oligny, actrice, ovale in-4, orné, d'après Vanloo. Belle ép., marges.

199 — Visite de Mlle Clairon à Fernex, in-4, travers, gravée à l'eau-forte. Très belle ép., grandes marges.

200 **Hubert**. Catherine de Béchillion, marquise des Palignyers, in-8, d'après Graincourt, 1783. Très ép., avec marges.

201 — Marie-Josèphe-Louise de Savoie, Madame comtesse de Provence, in-8, d'après Drouais. Très belle ép. avant le numéro, en feuille.

202 — Marie-Thérèse comtesse d'Artois, in-4 orné, d'après Ferdink. Belle ép. avant le numéro, en feuille.

203 **Huck** (J. G.). Agnese Holsch, in-4, profil à la manière noire, 1796. Très belle ép., grandes marges.

204 **Ingouf** (P.-C.). Mme la comtesse d'Artois et ses trois jeunes enfants, in-4, orné, d'après la boîte donnée par cette princesse à M. Busson, son 1er médecin. Très belle ép. du 1er état, avec l'adresse de : A Paris, chez Perrier, au collége Royal de Cambray, place Cambray.

205 — La même Estampe. Très belle ép. du 2e état, l'adresse effacée.

206 **Iode** (P. de). Amélie-Elisabeth Landgrave de Hesse, in-fol., orné. Belle ép., petites marges.

207 **Janinet**. Portrait de Mlle Clairon, ovale in-8, imprimé en couleur. Belle épreuve, grandes marges.

208 — Mlle Colombe l'aîné, ovale in-8, imprimé en couleur, sur cartouche imprimé. Très belle ép.

209 — Mme Dugazon, rôle de Nina, in-8, en couleur, d'après Dutertre. Belle ép., petites marges.

210 — Gabrielle d'Estrées, ovale in-4, d'après Pourbus. Très belle ép., imprimée en couleur, petites marges.

211 — Marie-Antoinette d'Autriche, reine de France, médaillon, in-18, imprimé en couleur. Très belle ép., sans marges.

212 — Le même personnage, gravure en contre-partie, imprimée en bistre. Belle ép., petites marges.

213 — Mlle Carline, rôle de Julie. — Mlle Colombe, rôle de Bélinde. — Mme Dugazon, rôle d'Azemia. — Mlle Dumesnil, rôles de Jocaste et d'Athalie, in-8. Cinq pièces en couleur, grandes marges.

214 — Mlle Fleury, rôle d'Ophélie.— Mlle Raucourt, rôles de Léontine et d'Ophanis. — Mlle Sainte Huberti, rôles de Didon et d'Iphigénie, in-8. Cinq pièces en couleur, grandes marges.

215 — Mlle Trial, rôle de la Belle Arsène. — Mlle Maillard, dans Tarare, et rôle d'Armide. — Mlle Saint Val, rôles de Zulma et d'Iphigénie, in-8. Cinq pièces en couleur, grandes marges.

216 **Jean** (A Paris chez). Sa Majesté l'impératrice Joséphine, in-4, en pied, coloré.

217 **Johannot** (Tony). Mme de La Sablière, in-8, d'après Colin. Trois ép., eau-forte pure, avant et avec la lettre, en feuilles.

218 **Jouy** (A Paris chez). La jeune Écossaise, in-4, en pied. Deux ép., dont une coloriée, avant toute lettre.

219 **Jubert** (Mlle). La Belle Anglaise, ovale in-8, d'après la Rosalba. Belle ép., imprimée à la sanguine, en feuille.

220 **Kauffman** (d'après A.). Cecilia Everard, ovale in-8, imprimé en bistre. Épreuve avec marges.

221 **Keating** (G.). Marie-Antoinette, reine de France. représentée dans la prison de la Conciergerie, ovale in-fol., d'après la marquise de Bréhan. Belle ép., marges, petits raccommodages.

222 **Kilian** (P.). Portrait de Femme, ovale soutenu par plusieurs allégories, in-4, travers. Très belle ép., avec marges.

223 **Kingsbury**. The Countess of Jarnac, ovale, in-4, imprimé en bistre. Belle ép. avec marges.

224 **Kruger** (A.-L.). Une Paysanne (portrait de Mme de Pompadour), in-4, d'après de Pesne. Très belle ép., en feuille.

225 **Küsell**. Marie-Anne, princesse Palatine, in-fol., orné. Ép. avec petites marges.

226 **Lalauze**. La Camargo. — Mme Favart, deux portraits in-8, d'après M. Q. de la Tour. Ép. d'artistes sur papier de Japon, en feuilles.

227 **Langlois**, **Bonneville**, **Fortier**. Portrait de Marie-Élisabeth Joly, du Théâtre-Français, in-4 et in-8. Trois pièces, belles ép.

228 **Larmessin** (N. de). Marie Leckzinska, princesse de Pologne, reine de France et de Navarre, in-fol., en pied, d'après Vanloo. Superbe ép. du 1er état, avant la retouche dans les cheveux.

229 — Portraits de Femmes célèbres, dix-neuf pièces in-4. Belles ép., la plupart à toutes marges.

230 **Lassalle** (Émile). Portrait de Mme Victor Hugo, lithographie in-4, d'après L. Boulanger. Belle ép., en feuille.

231 — Le même portrait, superbe ép., avant la lettre, tirée sur papier de Chine, en feuille.

232 **Laugier** (N.). Portrait de S. M. la reine Hortense, in-4. Ep. en feuille.

233 — Mme Scarron, in-8, d'après Mme V. Jaquotot. Belle ép., toute marge.

234 **Le Bas**. Mme Favart, dans le rôle de Ninette, in-8, en pied. Belle ép., petites marges.

235 — Le même portrait. Très belle ép., avant la lettre, marges.

236 **Le Beau.** Marie-Thérèse, comtesse d'Artois, in-8, orné, d'après Ferdink. Belle ép. avant le numéro, marges.

237 — Catherine Alexiewna II, impératrice de Russie, in-8. Très belle ép. avant le numéro, en feuille.

238 — Marie-Adélaïde-Clotilde Xavier, sœur du Roi, in-8, orné. Belle ép. avant le numéro, marges.

239 — Mme la comtesse du Barry, in-8, orné, d'après Marilly. Très belle ép. avant le numéro, en feuille.

240 — Mme Dugazon, de la Comédie Italienne, in-8. Très belle ép. avant le numéro, grandes marges.

241 — Mlle Duthé, in-8, orné, d'après L'Aîné. Belle ép. avant le numéro, petites marges.

242 — Élisabeth-Philippe-Marie-Hélène de France, in-8, orné, d'après Fontaine. Belle ép. avant le numéro, en feuille.

243 — Le chevalier d'Eon (en dragon et en femme), in-8. Six ép., dont trois en feuilles avant le numéro.

244 — Madame Louise-Marie de France, in-8, d'après Queverdo. Très belle ép. avant le numéro, en feuille.

245 — Mlle Maillard, in-8. Belle ép. avant le numéro, toute marge.

246 — Mme la marquise de Pompadour, in-8, orné, d'après Queverdo. Superbe ép. en feuille, petite mouillure.

247 — Le même portrait. Belle ép. en feuille.

248 — Mlle Raucourt, in-8, avec scène au bas. Deux ép., dont une avant le numéro, toute marge.

249 — Louise de Warens, née en 1699, in-8, d'après P. Batoni. Belle ép., petites marges.

250 **Lebrun** (d'après Mme). Marie-Antoinette à côté du buste de Louis XVI, ovale in-8. Très belle ép., marges.

251 **Le Clerc** (I.). Louise de Lorraine, douairière de France, in-8. Belle ép., toute marge.

252 **Lefèvre** (Ach.). S. A. R. Madame la princesse Hélène de Mecklembourg-Schwerin, duchesse d'Orléans, et S. A. R. Monseigneur le comte de Paris, in-fol. en pied, d'après Winterhalter. Très belle ép. sur papier de Chine, toute marge.

253 **Lefèvre.** Mademoiselle de Montpensier, d'après le dessin original de Dumonstier, in-4 en couleur. Belle ép. en feuille.

254 **Legrand** (L.). Madame la comtesse de Cagliostro, in-4, d'après Pujos. Ep. à l'eau-forte, toute marge.

255 — D. Olimpe Maldachini, princesse Panfile, in-12, d'après J. Grent. Deux ép., dont une avant toute lettre.

256 **Legrand** (P.-F.). Orange Girl., ovale in-4, imprimé en couleur. Belle ép., grandes marges.

257 **Le Grand** (Aug.). The Honorable miss Bingham. The Reverent Honorable Countess Spencer, deux portraits in-4, gravés en couleur, d'après Reynolds. Belles ép. avec marges.

258 **Le Mire** (N.). Au Roi, — A la Reine, deux médaillons dans des compositions allégoriques, in-4, d'après Moreau le Jeune. Superbes ép., toutes marges; celle de Louis XVI est avant toute lettre, et celle de Marie-Antoinette est avant l'adresse.

259 — Jeanne d'Arc, in-18. Deux ép., en états différents en feuilles.

260 — Laure, amie de Pétrarque. in-8, superbe ép. à l'eau-forte pure, en feuille.

261 — Le même portrait. Belle ép. avant la lettre, petites marges.

262 **Lempereur.** Madame Du Chatelet, in-4. d'après Monnet. Deux ép., dont une avant les noms d'artistes, toute marge.

263 — Marguerite Le Comte, des académies de peinture et de belles-lettres de Rome, etc., in-4, d'après Watelet. Très belle ép. en feuille.

264 **Lépicié.** Catherine de Seine, épouse du sieur Dufresne, in-fol., d'après Aved. Très belle ép. en feuille.

265 — La même estampe. Très belle ép., petites marges.

266 **Lerouge** (Aquafortiste). Joséphine, impératrice des Français, ovale orné, in-4. Superbe ép. à l'eau-forte pure, toute marge.

267 **Letellier.** La chevalière d'Eon (en femme), in-8. Deux ép., dont une avant le numéro.

268 **Leu** (Thomas de). Henriette de Balzac, in-8. Très belle ép., petites marges.

269 — Louise de Lorraine, princesse de Conty, in-8. Superbe ép. du 1er état, avant les retouches, petites marges.

270 — Le même portrait. Belle ép. du 2e état, avec les retouches, sans marges.

271 — Louise de Lorraine, douairière de France, in-8. Très belle ép., petites marges.

272 — Marguerite de Lorraine. — Marie Steward. — Catherine de Médicis, trois portraits. Belles ép. avec marges.

273 **Leu** (Th. de) (d'après). Marie Stuart. in-4, ovale avec scènes de son exécution. Très belle ép.

274 **Le Veau** (J.-J.). Buste de Marie-Antoinette, entouré de figures allégoriques, d'après J.-M. Moreau le Jeune. 1783, publié dans les Œuvres de Métastase. Ép. doublée.

275 — Le même portrait. Superbe ép. à l'état d'eau-forte pure, grandes marges, très rare.

276 **Lévy** (Gustave). Françoise-Marguerite de Sévigné, comtesse de Grignan, in-4, orné, d'après Sandoz. Trois ép. en différents états, grandes marges.

277 **Lingée** (C.-L.). Mademoiselle Raucourt, actrice, in-4, avec scène de *Mithridate*, par Moreau le Jeune, gravée au bas. Belle ép., grandes marges.

278 **Lingée** (Mme). Son portrait, gravé par elle-même. d'après Mieris, in-8. Très belle ép. avant la lettre. grandes marges.

279 — Le même portrait. Même état et à toute marge.

280 **Lips**. Madame Necker, in-8. Très belle ép., en feuille.

281 **Littret.** Marie-Josèphe de Saxe, ovale dans une composition allégorique, in-4. Très belle ép., avec marges.

282 — Madame Louise-Marie de France, religieuse carmélite, in-4. Belle ép., grandes marges.

283 **Lombart** (L.). Catherine-Magdelaine de Vertamont, veuve de messire Louis-François Le Fèvre de Caumartin, conseiller d'État, in-fol., à la manière noire. Belle ép. en feuille.

284 **M.** (G. de). Allégorie de la convalescence de Madame la comtesse de Brionne, médaillon in-4, avec ses armes au bas. Belle ép., grandes marges.

285 **Macret.** Elisabeth Petrowna, impératrice de Russie, in-8, d'après Caravaco. Belle ép.

286 **Mansfeld** (J.-E.). Madame la grande-duchesse de Russie, née princesse de Wurtemberg. — Élisabeth-Wilhelmine, princesse de Wurtemberg. — Catherine-Alexiewna II, trois portraits in-8. Belles ép., avec marges.

287 **Mark.** Marie-Thérèse-Charlotte, Madame, fille du Roi, ovale in-8, imprimé à la sanguine. Belle ép., toute marge.

288 **Manigaud** (C.). Marie d'Orléans, reine des Belges, in-fol., à la manière noire, d'après J. Diez, 1851. Superbe ép. avant la lettre, toute marge.

289 **Marcenay de Guy** (De). Jeanne d'Arc, in-8. Belle ép. en feuille.

290 — Marie-Antoinette de Bavière, médaillon sur un obélisque, in-4. Belle ép. avant la lettre, en feuille.

291 **Mariage**. Marie-Louise d'Autriche, impératrice des Français, in-8. Très belle ép. imprimée en couleur, toute marge.

292 — Madame du Bocage, in-12. Belle ép., toute marge.

293 **Mariette** (Chez). Madame la duchesse de Mantoue (Armande-Charlotte de Lorraine), in-4, en pied. Belle ép. avec marges.

294 **Mariette** et autre. Jeanne d'Arc, la Pucelle d'Orléans, in-4, en pied, deux portraits. Belles ép.

295 **Martin** (I.-B.). Callirhoé, ovale in-8, imprimé à la sanguine, d'après Cipriani. Ép. en feuille.

296 **Martin** (Miss). Mrs Crewe, ovale in-4, imprimé en bistre, d'après Gardner. Belle ép., grandes marges.

297 **Marye**. La Douce Attente, dédié à Mme Parizot, 1789, ovale in-4, imprimé en bistre. Belle ép., avec marges.

298 **Masquelier** (F.-J.). La duchesse de Châteauroux. — La marquise de Flavacourt. — Madame de Mailly, trois portraits in-8. Belle ép., toute marge.

299 **Masquelier** (C.-L.). Mariane Barilli, première cantatrice du théâtre de S. M. l'Impératrice, in-8, d'après Lacazette. Belle ép., en feuille.

300 **Massard** (J.). Marie-Antoinette, dauphine de France, très petit ovale dans un cadre orné, in-18. Très belle ép., grandes marges, léger raccommodage.

301 **Massol**. Marie-Anne Charlotte Corday, ci-devant d'Armans, âgée de 25 ans, in-8, avec scène au bas, d'après Queverdo. Belle ép. imprimée en bistre, avec marges.

302 **Masson**. La R. Mère Catherine-Agnès de Saint-Paul Arnault, abbesse de Port-Royal, in-4. Belle ép., grandes marges.

303 **Maucler** (C.). Laura, ovale in-4 en couleur, d'après Bunbury. Belle ép., grandes marges.

304 **Maurin**. Mlle Mayer à sa toilette, in-4, lithographie, d'après Prudhon.

305 **Mécou**. D. de Courlande, C. de P., in-8, d'après Isabey. Belle ép., grandes marges.

306 — Marie-Louise, archiduchesse d'Autriche, in-8 orné, d'après Isabey. Deux ép. du 1er tirage, dont une en feuille.

307 — Mlle E. Leverd, sociétaire du Théâtre-Français, ovale in-8, d'après Isabey. Très belle ép. avant la lettre, toute marge.

308 — Louise-Marie-Adélaïde de Bourbon-Penthièvre, duchesse douairière d'Orléans, in-4, d'après Dumeray. Belle ép., avec marges.

309 — L'Impératrice Elisabeth. — La Grande Duchesse Alexandrine. — La Grande Duchesse Anne. — L'Impératrice Elisabeth Petrowna, etc. Huit portraits in-8, d'après Benner. Belles ép., dont trois avant la lettre, en feuille.

310 **Mellan** (C.). Louise-Marie de Gonzague, reine de Pologne, in-fol. Belle ép., petites marges.

311 **Meerllen** (T. Van). Marie Moreau, Dame de Sancy, âgée de 25 ans, in-4. Belle ép., petites marges.

312 **Mercury** (P.). Sainte Amélie, reine de Hongrie, in-4, d'après Paul Delaroche. Très belle ép., grandes marges.

313 — Madame de Maintenon, petit ovale in-12, d'après Petitot. Superbe ép. d'artiste avant toute lettre, en feuille.

314 **Michel** (J.-B.). Mlle Angélique Drouin, femme du sieur Préville. — Hyppolyte Clairon de Latude. Deux portraits in-fol. ornés. Belles ép.

315 — Rubens's Wife, in-8. Deux ép , dont une avec la lettre grise, marges.

316 **Miger.** Madame Adélaïde de France, tante du Roi, in-8. Ép. sans marge.

317 — Mme Geoffrin, in-4. Superbe ép. avant la lettre, toute marge.

318 — Marguerite de France, femme de Henri IV. — Charlotte-Catherine de la Trémoille, in-4, d'après Vincent et Le Monnier. Deux portraits. Belles ép., en feuilles

319 — Geneviève-Elisabeth Visinier, veuve de Jean-Baptiste-René Le Long, profil in-4, d'après J.-B. de Bondy. Belle ép., grandes marges.

320 **Minati** (à Londres, chez). Her Royal Highness the Princess Charlotte of Wales, in-4. profil. Deux portraits différents. Belles ép., toute marge.

321 **Moitte** (S.-E.). Anna-Johanna Grill. (Madame de Pompadour), in-4, d'après Gustave Lundberg. Très belle ép., grandes marges.

322 **Moncornet** (B.). Anne d'Autriche. — La reine Catherine. — Éléonor de Gonzague. — Henriette de Lorraine. — Marguerite de Lorraine. — Louise de Portugal. — Anne de Bavière. — Sybille de Sève, etc. Treize portraits in-8 et in-4. Très belles ép. avant les armes, grandes marges.

323 — Portraits de Femmes célèbres. Trente-quatre pièces in-8 et in-4. Belles ép. anciennes, avec marges.

324 **Mondhare** (Chez). Tombeau de Marie-Justine-Benoîte du Ronceray, épouse de M. Favart, in-8, d'après Briois. Belle ép., en feuille.

325 **Monsaldy**. Mme Dugazon, ovale in-8, en couleur, d'après Isabey. Ép. rognée à l'ovale.

326 **Morin** (I.). Anne d'Autriche, d'après Champaigne. — Portrait de femme, d'après Van Dyck, 2 p. belles ép., dont une avant la lettre.

327 **Müller** (J.-G.). Louise-Elisabeth Vigée Le Brun, de l'Académie royale de peinture, in-fol., d'après elle-même. Superbe ép., grandes marges.

328 **Nanteuil** (Célestin). Mme Victor Hugo, in-4, d'après L. Boulanger. Superbe ép., tirée sur papier de Chine.

329 — Le même Personnage. Ép. sur blanc, en feuille.

330 **Naudet**. La Femme de J.-J. Rousseau (Thérèse Levasseur, in-4, en pied. Superbe ép., imprimée en bistre, toute marge.

331 — Le même Portrait. Belle ép., imprimée en noir, grandes marges.

332 **Née**. Anne Ivanowna. — Elisabeth Ier. — Catherine Ire. 7 p. Superbes ép. avant la lettre et à l'eau-forte pure, grandes marges.

333 **Née** et **Masquelier**. Les Vœux du Peuple, confirmés par la religion. Allégorie sur le mariage de Louis XVI et Marie-Antoinette, in-fol., d'après Monnet, 1775. Très belle ép., en feuille.

334 **Negges** (J.-S.). Portrait de femme, in-fol., en costume d'amazone et chapeau avec plume; à la manière noire, d'après J.-C. Schneider. Très belle ép., grandes marges.

335 — Madame Louise-Elisabeth de France, duchesse de Parme, *La Terre.* — Madame Marie-Louise-Thérèse-Victoire de France, *L'Eau.* — Madame Marie-Henriette de France, *Le Feu.* — Madame Adélaïde de France, *L'Air.* 4 p., in-fol., à la manière noire, d'après Nattier. Belles ép., grandes marges.

336 **Nicollet.** Sophie Lecoulteux du Moley, ovale soutenu par des figures allégoriques, tête de page, in-4, d'après C.-N. Cochin. Très belle ép., petites marges.

337 **Noël** (C.). Adrienne Chameroy, première danseuse du Théâtre des Arts, ovale in-4, d'après Delaplace, avec vue au bas, représentant son tombeau; gravé par De Villiers. Belle ép., grandes marges.

338 **Noël** (A Paris, chez). S. A. R. Mme la duchesse d'Angoulême, fille de Louis XVI, in-4, en pied, imprimé en couleur. Belle ép., toute marge.

339 **Odieuvre** (Chez). Portraits de Femmes célèbres. 27 p., in-8. Belles ép., avec et sans l'adresse, grandes marges.

340 **Pallière** (J.). Mme Cretu, actrice du Théâtre de Bordeaux, in-4, orné. Belle ép., avec marges.

341 **Pariset.** Mme Dupuy, femme de M. Dupuy, secrétaire perpétuel de l'Académie, in-4, au pointillé, d'après Pujos. Deux ép., dont une avant la lettre, grandes marges.

342 — Louise Hammond, ovale in-4, imprimé en couleur, d'après Angelica Kauffmann. Belle ép., marges.

343 **Passe** (Crispin de). Catherine de Bourbon, sœur unique de Henri IV. Belle ép., toute marge.

344 — Marie de Médicis, épouse de Henri IV, in-8. Très belle ép., grandes marges.

345 — Illustrissima Florentinorum, ducis uxor Caroli Lotharingiæ, ducis filia, 1598, in-8. Superbe ép., avec marges.

346 **Patas.** Marie Leckzinska, petit ovale au milieu d'allégories, composition in-8, d'après Prévost. Belle ép., en feuille.

347 **Pauquet.** L'Impératrice Marie-Louise, in-4, en pied, d'après Isabey. Belle ép., à l'eau-forte pure, en feuille.

348 **Pelletier.** Mlle Camille, danseuse, in-8, d'après de L'Orme. Belle ép., petites marges.

349 **Petit.** Mme Anne-Éléonore-Marie de Béthune d'Ornal, abbesse de Gif, in-4. Belle ép., grandes marges.

350 — Gabrielle-Émilie de Breteuil, marquise du Châtelet, in-4, d'après Mlle Loir. Belle ép., toute marge.

351 — Marie-Gabrielle-Louise de La Fontaine, Solare de la Boissière, in-fol., d'après M. Q. de la Tour. Très belle ép., grandes marges.

352 — Marie-Catherine Taperet, veuve de Louis-Alexandre Lescombat, in-8. Ép. avec marges.

353 — Marie, princesse de Pologne, reine de France, in-4, d'après de la Tour. Belle ép. en feuille.

354 — Marie, princesse de Pologne, reine de France et de Navarre, in-fol., d'après Vanloo. Belle ép., marges.

355 — Mlle Marie Sallé, la Terpsichore française, in-4, d'après Fenouil. Très belle ép. du 1er état, un peu endommagée.

356 — Le même personnage, avec la légende : *L'Après dîné*, la dame à la promenade. Belle ép., grandes marges.

357 — Le Matin. — Le Midi. — Le Soir, trois pièces in-4, d'après Boucher. Belles ép., marges.

358 **Pfeiffer** (C.). Diana countess Laugeron et Albertina Marchioneso Belleroi Daughters of the marquis la Vaupalière, ovale in-8. Très belle ép., imprimée en bistre, grandes marges.

359 **Picart** (Ét.). Catherine de Boiseon, fille aînée du comte de Boiseon, in-4. Belle ép., petites marges.

360 **Picot** (V. M.). A Circassian Lady, ovale in-8, imprimé en couleur. Belle ép., grandes marges.

361 — Laïs the Grecian Courtezan, ovale in-4, imprimé en couleur. Belle ép., toute marge.

362 **Picquet**. Anne d'Autriche, reine de France, in-8. Belle ép., petites marges.

363 **Pierron**. Le Couronnement de la reine Marie de Médicis, in-4, d'après Rubens. Toute marge.

364 **Pollard** (R.). A sa grâce, Mme la duchesse de Dévonshire, in-fol., travers, d'après Stothart. Très belle ép., grandes marges.

365 **Pontius** (Paul). La vénérable mère Magdeleine de Saint-Joseph, religieuse du Mont-Carmel, 1637, in-8. Belle ép., avec marges.

366 **Porporati**. Marie-Antoinette d'Autriche, reine de France, ovale in-4. Très belle ép. avant la lettre, en feuille.

367 **Pouget**. Milady, countess of Bury, in-8. Très belle ép., petites marges.

368 **Prieur**. La Reine à la Conciergerie (Marie-Antoinette en veuve), in-4. Très belle ép., en feuille.

369 **Prot**. Louise-Auguste Wilhelmine Amélie, reine de Prusse, in-fol., d'après Tischbein. Belle ép., piqûres d'humidité.

370 **Pruneau** (N.). Mlle Rosalie Levasseur, actrice, in-4, d'après Dumont. Belle ép., petites marges.

371 — Mme Salmon, in-4, d'après J. Dumont. Belle ép. en feuille.

372 **Pujos** (d'après). Portrait de femme, in-4, de 3/4 dirigé à droite, imprimé en couleur. Belle ép. avant la lettre, imprimé en ouleur, petites marges.

373 **Ransonnette** (N.). Diane de Poitiers, duchesse de Valentinois, maîtresse de Henri II, in-fol., travers, d'après le tableau de Lucas Penni. Deux ép., dont une avant toute lettre, marges.

374 — Agnès Sorel, dame de Fromenteau, maîtresse de Charles VII, in-fol., travers, d'après le tableau de Lucas Penni. Deux ép., dont une avant toute lettre, marges.

375 **Reynolds** (S.-W.). Mme Grassini, in the character of Zaïre, Painted by Mme Lebrun, in-fol., imprimé en couleur. Superbe ép., grandes marges.

376 **Reynolds** (d'après). Mlle de Saint-Huberti, assise devant un orgue, ovale in-4, gravé par L. L. Belle ép., grandes marges.

377 **Ridley**. Mme Marat, actrice, ovale in-8, d'après David. Belle ép. avec marges.

378 **Robinson**. Mme de Staal, femme de lettre, in-12, à la manière noire. Belle ép. avant la lettre, en feuille.

379 **Romanet-Le Beau**. Dame Julie de Villeneuve, veuve de Saint-Vincent, petite-fille de Mme de Sévigné, in-4 et in-8, deux portraits. Belles ép.

380 **Roullet**. Dame Catherie Touchellée, femme en 1re noce de M. Hilaire Clément, in-4, d'après Cotelle, 1682. Belle ép., petites marges.

381 **Rousseau** (J.-F.). Eugénie ou la Noblesse (Marie-Antoinette et Marie-Thérèse). Allégorie in-4, d'après C.-N. Cochin le fils, 1780. Belle ép. en feuilles.

382 — La même Estampe. Superbe ép. avant toute lettre, en feuille.

383 **Ruotte**. Mme Gonthier, actrice, in-4. Deux ép., dont une imprimée en couleur, petites marges.

384 — Lamballe (Marie-Thérèse de Savoie Carignan, princesse de), en buste, vue de profil. Médaillon ovale in-4, gravé au pointillé, d'après Danloux. Belle ép., marges.

385 — Le même Portrait. Superbe ép. avant toute lettre et avant les hachures sur la manche, grandes marges.

386 — Marie-Antoinette, reine de France, en bergère, un foulard recouvrant ses cheveux. Ovale in-4, d'après Césarine F. Superbe ép. avant toute lettre, grandes marges.

387 **Ryland** (G.-W.). Her Grace, the duchess of Richmond. Ovale in-4 imprimé à la sanguine, d'après Angelica Kauffman. Superbe ép., toute marge.

388 **Sadeler**. Marie de Médicis, reine de France. Ovale in-8. Très belle ép., grandes marges.

389 **Saint-Aubin** (A. de). Marie-Élisabeth Denis, femme de M. Radix (nièce de Voltaire), in-4, d'après C.-N. Cochin. Belle ép., petites marges.

390 — Fortunée-Marie d'Est, princesse de Conty. Médaille avec revers. Belle ép., avec marge.

391 — Sophie Lecoulteux du Moley. Profil in-4, d'après C.-N. Cochin. Superbe ép. du 1er état à l'eau-forte pure, en feuille.

392 — Louis XVI, Marie-Antoinette et Louis XVII, trois profils, d'après Sauvage. Belle ép., petites marges.

393 — Marie-Antoinette, Louis XVI. Allégories sur leur avènement au trône, dessinées par Cochin, terminées par de Longueil. 2 p. Superbes ép. à l'état d'eaux-fortes pures, avant les cadres, signées DE SAINT-AUBIN, en petits caractères, en feuilles. Très rare.

394 — Miss Price. — Mme Deshoulières. — Mademoiselle. — M. Middleton. — Ninon de Lenclos. Six portraits in-12. Belles ép. avec la lettre grise, en feuilles.

394 *bis* — Baronne de *** (Louise-Emilie). — Marquise de *** (Adrienne-Sophie). Deux portraits in-4. Très belles ép. du 4e état avec l'adresse : se trouve à Paris, *chés* Aug. de Saint-Aubin, petites marges, encadrées.

395 **Schenck** (P.). Maria Salomé Otto, nata Scherer ab Hohen Creutzberg, in-4 à la manière noire. Très belle ép., grandes marges.

396 — Amélie, princesse de Nassau, in-4 à la manière noire. Belle ép., petites marges.

397 **Schiavonetti** (L.). Her Royal Highness, the duchess of York, ovale in-8. Très belle ép., en feuille.

398 **Schinker**. Marie-Antoinette, d'après M. Le Brun. — Louis XVI, d'après Bosse, deux ovales in-4 faisant pendants. Belles ép., grandes marges.

399 — Marie-Antoinette, in-4, d'après M. Le Brun. Très belle ép., grandes marges.

400 **Schmuzer** (J.). Mme Bodin, première danseuse du Théâtre impérial de Vienne, in-fol. Superbe ép., marges.

401 **Schuppen** (P. Van). Armande-Henriette de Lorraine, coadjutrice de l'Abbaye royale de Notre-Dame de Soissons, in-4, d'après Barthellemy. Belle ép., petites marges.

402 — Le véritable Portrait de la Bienheureuse Marguerite de Lorraine, petite-fille de René de France, roi de Sicile, in-4, 1660. Très belle ép., petites marges.

403 — Mme Deshoulières, in-8, d'après Sophie Chéron. Belle ép., avec marges.

404 **Scorodoumow** (G.). Réflexions ou Clarissa Harlow, ovale in-4 imprimé en couleur, d'après J. Reynolds. Belle ép., grandes marges.

405 — Lady Augusta Campbell, ovale in-8 imprimé en couleur. Ép. avec marges.

406 **Scotin** (G.). Mlle Auretti, danseuse, in-fol., cadre orné. Très belle ép., toute marge.

407 **Scriven.** Her Royal Highness, the princess of Wales, in-8, orné, d'après Beeckey. Belle ép.

408 **Sergent.** Jeanne Laisné, surnommée Hachette, citoyenne de Beauvais, ovale in-4 imprimé en couleur. Belle ép., en feuille.

409 **Silésien** (Ch.). Mme Récamier, in-4 à la manière noire. Très belle ép., avec marges.

410 **Simonet** (J.-B.). Les Vœux accomplis. Allégorie sur la convalescence de la comtesse d'Artois, in-fol. en largeur, dessiné par Moreau le jeune, d'ap. Ranchon, 1783. Superbe ép. avant la lettre, toute marge.

411 **Sintzenich** (Von). Minna Brandes, ovale in-4. Belle ép., toute marge.

412 — Frau Brandes, Als Ariadne auf Naxos, in-fol., d'après Graf. Superbe ép. avant la lettre, imprimée à la sanguine, grandes marges

413 — Painting, ovale in-4 imprimé à la sanguine, d'ap. Angelica Kaufmann. Belle ép. avec la lettre grise, en feuille.

414 **Smith** (I.). Her Grace the duchess of Bolton, in-fol. à la manière noire, d'après G. Kneller. Superbe ép. petites marges.

415 **Smith** (J.-R.). A Bachante, in-4 en couleur, d'après J. Reynolds. Belle ép., grandes marges.

416 — Sophia Western, in-4 à la manière noire, d'après J. Hopner. Belle ép., avec marges.

417 **Spooner** (C.). Her Most excellent Majesty Charlotte, queen of Great Britain. in-fol., profil à la manière noire, d'après J.-M. Ardell. Très belle ép., petites marges.

418 **Steifslinger.** Marie-Thérèse, reine de Hongrie, in-4, à cheval, avec cadre orné. Belle ép., marges.

419 **Sy** (le marquis de). Caroline Brunswick, princesse de Galles, petit médaillon soutenu par des Amours, fait et dessiné à la plume par le marquis de Sy, royaliste émigré, 179.. Belle ép. imprimée à la sanguine, rognée à l'ovale.

420 **Tanjé** (G.). Carolina, princesse van Oranje, in-fol. en pied, d'après G.-F. de la Croix, 1755. Belle ép., marges.

421 **Tardieu** (J.). Sainte Geneviève, patronne de Paris, in-fol. Belle ép., grandes marges.

422 — Marie Leczinska, princesse de Pologne, reine de France et de Navarre, in-fol., d'après Nattier. Très belle ép., petites marges.

423 **Tardieu** (le fils). Mme Du Bocage, in-8, d'après Mlle Loir. Belle ép., avec marges.

424 **Tardieu** (Alex.). Louise-Auguste Wilhelmine Amélie, princesse de Mecklembourg Strelitz, reine de Prusse, d'après Mme Lebrun, in-4. Belle ép., grandes marges.

425 — Marie-Antoinette, reine de France, représentée en Vestale, in-fol. en pied, d'après F. Dumont. Superbe ép. avant la lettre, toute marge.

426 **Tilliard** (J.-B.). Pas-de-Deux, tiré du second acte de l'opéra de Silvie, exécuté par M. Dauberval et Mlle Allard, in-fol. en travers, d'après Carmontelle. Très belle ép., grandes marges.

427 **Tomkins** (G.-W.). Zilia au temple du Soleil, ovale in-4, d'après Miss Drac. Deux ép. dont une imprimée en couleur, l'autre en bistre, marges.

428 **Thomson** (J.). The R[t] Hon. Mary Elisabeth Kitty, countess of Denbigh, in-8, d'après Th. Kirkby. Belle ép. sur Chine, toute marge.

429 **Tompson** (R.). The Duke and duchess of Lauderdale, in-fol. en travers, à la manière noire, d'après Lelly. Très belle ép., petites marges.

430 **Tyroff**. Marie-Thérèse, reine de Hongrie, en costume de Minerve, in-4. Belle ép., petites marges.

431 **Van Dyck** (d'après). Anna, comtesse de Bedford — Catherine Howard — Rachel Middlesex — Anna de Morton, etc., huit Portraits, in-fol. Belles ép., avec marges.

432 **Vangelisty**. Anne-Marie Martinozzi, princesse de Conty, in-8, d'après Petitot. Deux ép., dont une avant le numéro, en feuille.

433 — Mlle Caroline Wuïet, pensionnaire de la Reine, in-4, ovale travers, d'après le Portrait de M. de Romany. Très belle ép., toute marge.

434 **Vendramini** (Fr.). Mlle George, Mlle Bourgoin, rôles d'Iphigénie en Aulide, acte IV, ovale, in-fol. Deux ép., dont une avec la lettre grise, grandes marges.

435 **Vertue** (G.). Elisabeth, Pr. Pal., and queen. of Bohemia, in-4, orné, d'après Honthorst. Belle ép., grandes marges.

436 — Marie de Médicis, in-8 travers. Très belle ép., toute marge.

437 **Vindel** (Aug.). Maria Magdalena, Joh. Thomœ, de Rauner, dynastœ in Muhringen, Magnœ, Britanniœ, maj. à Consiliis et residentis filia, in-fol., à la manière noire, d'après G. de Marées. Belle ép., petites marges.

438 **Vinkelès.** Catherine II, impératrice de Russie. Deux Portraits différents. Belles ép.

439 **Vispré.** Portrait de femme assise, de profil à droite, tenant un livre, *Vispré pinxit et fecit.* Superbe ép., en feuille.

440 — Le Chevalier d'Eon, in-fol., à la manière noire. Superbe ép., en feuille.

441 — Mlle Coraline, in-4, à la manière noire, d'après Allais. Deux ép., toutes marges.

442 **Voyez** (le Jeune). Mme de *** en Flore, in-fol., d'après Nattier. Trois belles ép., marges.

443 **Voyez.** Marie-Adélaïde-Clotilde-Xavière de France, Mme Sœur du Roi, in-8, d'après Fontaine. Très belle ép. avant le numéro, en feuille.

444 — Marie-Antoinette, reine de France, in-8, orné, d'après Vanloo. Belle ép., en feuille.

445 **Ward** (W.). MM. Benwell, in-4, à la manière noire, d'après Hoppner. Ép. avec petites marges.

446 — The Right, honorable Lady Anne Vernon Harcourt, in-fol., à la manière noire, d'après Jackson. Très belle ép., toute marge.

447 — Louisa, ovale in-4, imprimé en couleur, d après de Montigny, Très belle ép., marges.

448 **Watelet** (N.). Marguerite Le Comte, profil in-4, d'après Cochin. Superbe ép., à l'état d'eau-forte avancée, avant les tailles dans la figure, le fond, et le médaillon, grandes marges.

449 — Le même Portrait. Belle ép. terminée avant la lettre, petites marges.

450 **Watson** (Th.) Barbara, duchess of Cleveland, d'après P. Lely, in-fol., à la manière noire. Belle ép.

451 — Eloisa, in-4, à la manière noire, d'après Gardner. Belle ép., toute marge.

452 **Watson** (J.). Lucinda, in-4, à la manière noire. d'après P. Falconet. Belle ép., marges.

453 **Weiss** (D.). La princesse Sophie Wolconsky, femme d'honneur de l'Impératrice, ovale in-8, d'après Isabey. Belle ép. avant la lettre, marges.

454 **Will** (J.-G.). Marguerite-Elisabeth de Largillière, fille de Nicolas de Largillière, in-fol. Très belle ép., en feuille.

455 **Willim** (R.). Maria, D. G. Angliæ, Scotiæ, Franciæ et Hiber. Reg., ovale, in-fol., à la manière noire. Très belle ép., grandes marges.

456 **Windter** (J.-W.). Maria-Salome Ebnerin, von Eschenbach, in-fol., d'après Kleinert. Belle ép., petites marges.

457 **Wolffnik** (J.-P.). Première Musicienne du sultan Achmet IV. — Sultane favorite du sultan Achmet IV, à Paris, chez Janinet. Deux p. en couleur, marges.

457 *bis* **Wolffang**. Anna Königin, von gross Brittanien, in-4. Belle ép., sans marges.

458 **Woolnoth** (T.). Her royal Highness, princess Charlotte of Saxe-Coburg, in-4, d'après G. Dawe. Très belle ép., tirée sur papier de Chine, toute marge.

459 **Zimermann**. Marie-Josèphe Anne, fille de Charles VII d'Allemagne, in-4, orné, d'après Démarée. Belle ép., petites marges.

460 — Maria Wilhelma, fille de Georges Guillaume, Landgrave de Hesse, in-4, orné. Belle ép., grandes marges.

DESSINS

461 **Bernard**. Louis XVI et Marie-Antoinette, deux profils, dans un entourage calligraphique, orné et colorié, signé 1791.

462 **Dudouez** (Elisabeth). Statue de Jeanne-d'Arc, en pied, in-4 à la mine de plomb, relevé de gouache.

463 **Hesse** (H.). Son A. R. Madame, duchesse d'Angoulême, in-fol., à la mine de plomb. A été gravé par Audouin.

464 **Merimée** (Prosper). Portrait de femme, assise au tribunal, in-4 à l'aquarelle, signé.

465 Sous ce numéro, il sera vendu par lots, environ cent dessins, anciens et modernes, portraits de femmes.

Vve Renou et Maulde, imprimeurs de la Compagnie des Commissaires-Priseurs, rue de Rivoli, 144. 800—82195

www.ingramcontent.com/pod-product-compliance
Ingram Content Group UK Ltd.
Pitfield, Milton Keynes, MK11 3LW, UK
UKHW021024180726
13838UKWH00004B/1618